Eine Spritztour

Eine
Spritztour

II

Kapitel I:

Bin grad zwei Tage in Mantua. Da es ziemlich viel regnet, sehe ich nicht allzu viel davon. Der Friedhof ist eine imposante Anlage. Es gibt ihn seit der Antike. Er wurde außerhalb der Stadt angelegt und seit mehr als 3000 Jahren werden dort die Leichen vergraben. Ab und zu frage ich mich ja, wenn mich der Virus schnappt, wo ich dann wohl, bzw. welche Würmer sich an mir laben werden.

Man liest ja so allerhand in den Zeitungen, wo grad die Grenzen zu, oder dann doch nicht zu sind. Es ist bis jetzt bei mir ziemlich unspektakulär gewesen.

Nach wie vor ist die Arbeit das, was mehr an Aufmerksamkeit beansprucht. Diese Woche waren es ja mehr die Kontrollen in der Urproduktion. Gleich der erste Betrieb hatte 300.000 Legehennen (8 Stallungen: 4 mit 50.000 und 4 mit 25.000 Legehennen). Es waren durchwegs Bodenhaltungssysteme mit einer Ausnahme. Ein Freilandstall, der aber auch die Tiere wegen der behördlich verordneten Stallpflicht nicht raus ließ. Im Stall hörte ich schon einmal einen Hahn krähen. Ich kann Dir sagen, wenn Du bei 1000 Hühner einen Hahn dazugibst, dann ist er in zwei bis drei Tagen tot oder irgendwo verkrochen und macht total auf Omega. Da musst schon 200 Hähne dazutun, damit das einigermaßen klappt. Also dieser Hahn, das ist ein definitiv selbstbewusster Bursche. Auf der Weide befanden sich noch fünf Hühner, welche sich nicht einsperren ließen und ein Küken (ca. 10 Tage alt).

Da hat selbst Stefano, der italienische Betreuer der Betriebe, gestaunt.

Bis jetzt hab ich es auch nur bei den argentinischen Betrieben gesehen, die ja eher extensiv und mit viel Platz in ihren Ställen arbeiten. Also ein Hahn und eine - von den 20.000 - Hennen haben es geschafft in diesem Massentierhaltungssystem Nachwuchs zu bekommen. So etwas ist eigentlich unmöglich. Die Natur ist manchmal schon unglaublich.

Jetzt aber ein wenig über die Reisen in Covid-Zeiten. Man schaut ja auch immer wieder in den sozialen Medien, was zu erwarten sein wird, und es ist bei den meisten Postern schon so, dass sie das sehen, was sie sehen wollen. Es bin da ich ja auch nicht anders. Ich interpretiere auch und bin genau so wenig unvoreingenommen. Meine Borniertheit liegt woanders.

Was ich schon in Österreich gemerkt habe ist, dass die teuren Hotels so relativ einheitliche Vorgaben haben. Die Zettel hängen überall an den Glaswänden beim Eingang zum Hotel, zu den Speisesälen, im Lift usw.… Nach den ersten beiden Sätzen im Text hörst meist auf zu lesen. Das übliche „Qualitätssicherungsquaqua".

Im Gastronomiealltag ist das mit Abstand und Hygiene und Mundschutz sehr individuell. Manchmal wird dir ein Platz zum Frühstück zugewiesen und du darfst Dir selber vom Buffet gar nichts nehmen. Dann aber gibt es auch in den teuren Hütten kein Personal, und alle tun irgendwie.

Die Tischabstände sind unverändert, und Dein Nachbar beglückt Dich mit seinem morgendlichen Raucherhusten. Bei einigen wird jeden Tag Fieber gemessen.

Dann in der Früh und am Abend. Dann wieder gar nicht. Sie schreiben dann ein paar fiktive Zahlen in die Dokumentation.

Was willst du denn?

In Italien gäbe es grundsätzlich vom Regionalparlament ausgearbeitete regionsspezifische Vorgaben. Aber ebenso wie bei uns, sind sie unterschiedlich praxisnah. Je individueller, pragmatischer und vom Hausverstand auch nachvollziehbarer das Ganze ist, umso besser ist die Umsetzung und dann auch die Wirkung, aber das entspricht natürlich nicht den einheitlichen Vorgaben vom Volksschullehrer, dem gerade aktuellen Gesundheitsminister.

Aus meiner Erfahrung kann ich sagen, je kleiner das Quartier ist, umso sinnvoller sind die Maßnahmen. Da setzt man den, der morgens hustet, einfach weiter weg. Er fühlt sich da ja auch viel wohler. Oder den mit dem Asthma ebenso und wenn jemand von „Masken-Blockwarten" böse schaut, klärt das Personal ihn auf. Als Asthmatiker willst dich ja nicht dauernd erklären müssen.

Ich mag das mit den Abständen. Aber es gibt Kulturen in Europa, wo man das nicht mag und ich sag Dir, das ist keine Nord-Süd-Sache. Es darauf zu reduzieren ist zu kurz gegriffen.

Ich denke nur an den Pearce in Irland, aber seine Freunde, mit denen wir am Abend nach der Kontrolle im Pub saßen, waren dann mehr so ruhige Burschen. Es gibt ja auch introvertierte Italiener, habe ich zumindest gehört. Man sollte eigentlich nichts verallgemeinern. Aber, nun ja, wenn Du viel unterwegs bist, werden Vorurteile auch mal bestätigt.

Ich denke da jetzt an den Jano, dem polnischen Fahrer vom polnischen Betrieb. Tut mir leid, wenn das sperrig klingt, aber wenn du bei einem österreichischen oder deutschen Betrieb bist, hast du selten einen Eingeborenen als Fahrer.

Aber jetzt zum Jano. Um fünf Uhr früh würde ich vorm Hotel abgeholt werden.

Um dreiviertelfünf bin ich raus und wollte vorher noch was vom Auto holen. Ich frage mich oft, was ist gscheiter, wichtige Sachen im Auto oder im Hotel lassen. Hotel ist nämlich nicht immer gut. Mir wurden mal Unterhosen gestohlen - Die sind wichtig!!! - und im Ausland, am Abend nach der Kontrollarbeit, nicht immer leicht zu bekommen.

Du kannst nach einem Audit nicht die QM-Dame fragen, wo es das nächste Geschäft für „Intimissimi" gibt. Oder?

Ich für meinen Teil mache es jedenfalls nicht. Aber habe schon öfters überlegt, was ich wirklich im Hotelsafe unterbring.

Also Jano und Beata (die Dolmetscherin) erwarteten mich schon. Kaum aus dem Hotel draußen öffneten sich zwei Autotüren und ich wurde gleich verstaut. Jano fuhr. Beata und ich saßen auf der Rückbank. Das Auto war recht „fett" - sagt man das noch?

Jano, ein „Herr der Ringe" – es war nämlich das Auto mit den Ringen, nicht mit dem Stern - war so Ende zwanzig, natürlich knapper Haarschnitt, mit etwas Metall an Nase und Ohr und so raufgepickten Knutschfleck(!) – super modern!!! – beim Haaransatz am Hals. Beata hat alles was sie mit mir besprochen hat, ihm übersetzt.

Er war bei den Kontrollen, außer bei den Stallbesichtigungen – was ja nichts für schwache Nerven ist - immer dabei. Die Ställe hat man so in riesige Kiefernwälder reingepfeffert. Natürlich sehr große Einheiten. Die Haltungssysteme selbst entsprachen unseren Vorgaben, falls Dich das interessiert. Sind ja super modern und mit viel EU-Geld gebaut.

Zur Info: Die Betriebe werden ja immer erst dann zertifiziert, wenn ich zurück in Österreich bin. Ich hoffe, dass dieses System bei uns beibehalten wird. Dann fuhren wir zur Packstelle.

Auch da ging es zuerst durch einen riesigen Kiefernwald. Es ist ein aufgelassenes Braunkohlerevier, wo die Ställe und das Sortier- und Verpackungscenter hingestellt wurden. Zehn Millionen Legehennen sind dort. Die Kontrollen an sich sind ja nicht sehr spektakulär. Man sieht meistens an der technischen Ausstattung, ob es unseren Erfordernissen entspricht, und dann liegt es an den Betreuern, wie es den Tieren geht.

Bei der Rückfahrt ins Hotel ist mir dann auch aufgefallen, dass Jano ein ziemlicher Drängler ist.

Ich mag es ja nicht, wenn ich selber schon, sagen wir mit 150 km/h, wo 130 erlaubt sind, unterwegs bin und einer auf zwei cm Abstand rauffährt. Mittlerweile weiß ich, dass ich es auch nicht mag, wenn ich in dem Auto sitze, dass so knapp auf den Vordermann auffährt.

Jano fährt, wenn es technisch möglich ist, so um die 200 bis 220 km/h. Davon lässt er sich ungern abbringen.

Beata ist es auch gewöhnt, dabei die mitfahrenden ausländischen Auditoren oder Kontrolleure zu beruhigen.

Die zwei sind ein gutes Team. Er ist eigentlich der Fahrer vom Chef – ich glaube, nicht nur. Kann auch sicher besser hören als reden. „Wir verstehen uns?" Diese Frage mag zwar eine Frage und auch so formuliert gewesen sein, aber es hat sich nicht als Frage angefühlt.

Ein Kollege, der sich das im Vorjahr auch gegeben hat, hat mal so beiläufig gefragt, wie hoch die Strafen fürs Schnellfahren sind. Sie wissen es nicht.

Stefano - befinde mich ja in Mantua in Italien - ist auch ehrlich und er redet mit mir beim Fahren. Natürlich fährt er, wie Du weißt, auch nicht grad einschläfernd. Es war sowieso nicht so einfach. In den Jahren davor bin ich neben ihm gesessen und mitgefahren, aber jetzt dürfen wir nicht so lange Zeit in einem gemeinsamen Luftraum sein. Dann die regionalen Gesetze.

Venetien, Lombardei, Friaul, ... überall ist alles anders. Bei der Fahrt zum ersten Betrieb bin ich auf der Rückbank gesessen. Eigentlich hätte ich mit meinem Auto ihm folgen müssen.

Nur wenn er mit 100 durchs Ortsgebiet flitzt, und dann dort beim Radarkastl, wo er zusammenschleift, ich meine Möglichkeit zum Aufschließen sehe, bin ich, nach ein paar Wochen, wenn diese speziellen Mails: „Lieber Josef, kontrolliere bitte die Erlagscheine und zahle dann verlässlich ein", vom Sekretariat kommen, ruiniert.

Somit haben wir beschlossen, ich fahr mit. Beim zweiten Betrieb saß ich dann schon vorne.

Geh Bitte.

Manchmal in den Ballungszentren haben wir eh die Maske aufgehabt. Ich glaub Stefano, der wesentlich mehr Routine als Jano hat - wenn wir die beiden vergleichen wollen - putzt den Jano in der Boxenstraße (bei den Mautstationen). Jano fährt da natürlich auch schnell durch. Haben ja beide so was wie elektronische Mautkarten. Aber Stefano ist erfahrener und abgebrühter.

Ich habe ihn mal gefragt, ob der Balken noch jedes Mal rechtzeitig hochgegangen ist. Schneller als mit 60 darfst da nicht reinfahren (30 km/h wären erlaubt). Bist du schneller, zerstörst Du den Balken. Ist kein großer Schaden, weil Plastik, aber die Zeit ist im Eimer, weil Schadensmeldung, natürlich auch Strafe, usw.

Bei unseren Mautstationen, grad dann, wenn mich das Geschwindigkeitsteufelchen kitzeln will, habe ich die „Nicht erkannt – Version", was das Kennzeichen betrifft, und muss die Kurve kratzen. Keine Sorge, bin eh nicht gar so kitzlig.

Stefano hat mir erklärt, die größte Gefahr auf Italiens Straßen, sind die Fahrer, welche sich an die Geschwindigkeitsbegrenzungen halten. Aus Erfahrung sage ich dir, wo er recht hat er recht.

Weil, bei den Autobahnbaustellen ist teilweise 50 erlaubt. Wenn dann so ein PS-Monster mit all seinen Lichtern und mehreren Improvisationen seiner ihm zur Verfügung stehenden Musik dich in Richtung mehr Tempo zu inspirieren versucht, verstehst Du das dann schon.

Einmal habe ich es wirklich versucht.

Das war so was wie eine verminderte Fahrbahnbreite, weil die Hälfte der Autostrada neu asphaltiert wurde, und ich habe mir gedacht, als ich mit 90 in der 80iger Beschränkung gefahren bin: Anschieben wirst mich wohl nicht können.

Der LKW-Fahrer hat sich vermutlich gedacht: Schau an, da denkt jetzt einer, dass ich ihn nicht anschieben kann.

Es ist nicht immer gut, wenn zwei das Gleiche denken.

Auch diese kleinen Stupser fühlen sich unangenehm an. Du schreckst dich dann schon. Daraufhin sind wir, beide uns gegenseitig vom Auto aus beschimpfend (stronzo, culo,...) sofort zur nächsten Raststation. Beim Aussteigen war es dann schon ein wenig makaber:

„Du bist wie ich," schrie er gleich. „Gleich stur",
schrie ich gleich.

Wir lachten bald nur mehr und schüttelten uns die
Hände. Er war noch dazu ein Biobauernkollege aus
Kroatien. So sind wir also, stur wie unsere Schafbö-
cke.

Mit einem Fetzen und etwas Benzin, reinigte er den
Schmutz vom Stupser. Man sah dann fast nichts
mehr. Wir tauschten die Adressen aus, und tranken
einen Kaffee, und dann noch einen zweiten, den ich
dann zahlen durfte.

Nach Mantua ging es mehr oder weniger schnell in
den Süden. Also, die Dame bei dem Betrieb in der
Nähe von Rom in Latium, hat mich persönlich ja nicht
ungut behandelt, aber sich über meine Fragen doch
ziemlich lustig gemacht. Ebenso Signore Pacienza aus
Apulien.

Die Mafia in Apulien heißt übrigens: „Santa Corona
Unitá", aber darüber haben wir nicht geredet. Es gibt
Menschen, da hast Du das Gefühl, die mustern dich
in eine ganz spezielle Richtung. Grundsätzlich wirst
du ja immer bei den Audits gemustert. Das musst du
aushalten. Im Ausland noch mehr. Weil dort bist du
ja noch mehr Freiwild.

Aber manche, vor allem Chefs, ich nenn so die „Füh-
rungskräfte" agieren bisweilen schon sehr nach dem
Motto: Wie kann ich den Burschen für mich verwen-
den? Oder, kann ich Ihn mit meinem jovialen „Füh-
rungskräfteblick" aus der Ruhe bringen?

Nachdem ich beim Signore Pacienza fertig war, kam mir so der Gedanke, wie wohl die Apulische Mafia heißt. Camorra, N´drangheta, Cosa Nostra... Nein, dort heißt sie, wie erwähnt „Santa Corona Unita". Das sollte man im Hinterkopf behalten. Nicht unbedingt den Namen, aber den Verein selbst schon. Auch „Pacienza" ist eigentlich ein schöner Name. Und auch so bezeichnend. Er hat es mich immer wieder spüren lassen, wie geduldig er mit mir war.

Jetzt bin ich in Peschici - Samstag ist mein Erholungstag, weil am Sonntag habe ich neun Stunden Fahrt nach Brescia. Peschici ist, wenn Du dir den italienischen Stiefel anschaust, ein Ort am oberen Fersenrand, wo man meint, dass der Fuß ein Überbein hat, das so wegsteht. Schau Dir mal eine Italienkarte an, dann siehst Du es gleich. Es ist ziemlich schön dort. Mein Hotel war nur zu Fuß erreichbar, und ich musste außerhalb der Stadt parken. Ich kann Dir sagen, so etwas zahlt sich immer aus. Wenn Du ein paar Schritte zum Hotel hast, wirst Du meistens dafür belohnt.

Also, am Abend gibt es ein ziemliches Gedränge im Zentrum und das in der Covid-Ära. Nicht vorzustellen, was da in einem normalen Sommer los ist.

„Hallstatt" auf italienisch, aber nicht nur von den Menschenmassen, sondern auch von den Menschen selber (Italiener) her betrachtet.

Meine Wirtin ist gesprächig – ja, ich warte noch immer auf die ersten introvertierten Italiener - und hat mir heute schon was Persönliches erzählt.

Wir sind nahezu gleich alt. Ein paar Stunden ist sie älter. Ich habe ihr geantwortet, dass ich mich auch so an ihre Anweisungen gehalten hätte, was ein kleines Lächeln in ihren Augen bewirkte.

Sie ist eine strenge, jedoch blonde Süditalienerin, aber mir unbedarften Austriaco half sie dann ein bisschen. Dass ich mich etwas unterwürfig verhielt, war ihr nicht unangenehm:

„Für das Frühstück haben Sie von 8 bis 8:15 Zeit", erklärte sie mir gleich. Das Hotel war voll, und im Frühstücksraum waren nur vier Tische.

„Wenn sie Fragen haben, kommen sie um 11:00. Dann macht das Mädchen ihr Zimmer und ich habe Zeit für sie." War das jetzt eine Einladung oder eine Vorladung. Natürlich bin ich erschienen. Ich bekam dann sogar einen Espresso.

Nachdem sie mir mitgeteilt hat, was ich besichtigen, wo ich einen Kaffee bekomme, wo und wann ich Abendessen kann, sagte sie am Ende aus hygienischen Gründen will sie mir nicht die Hand geben, aber ich dürfe sie auf die Wange küssen.

Ich hauchte etwas eingeschüchtert nur leicht auf die Wange, was ihr jedoch zu gefallen schien.

„Hm, sie können sich ja benehmen! Schön."

Bevor ich tatsächlich ging, meinte sie noch, da ich ja so unbedarft sei, darf ich sie zum Abendessen begleiten und ich solle sie um 20 Uhr im Hotel abholen. Nicht dass ich mir sonst irgendwo noch „Covide" hole.

Was war denn das wieder?

Ich war natürlich wie bestellt pünktlich dort. Sie registrierte mich, ließ sich nicht zur Eile bewegen, telefonierte noch und was weiß ich, was noch alles zu tun notwendig war.

Beim Aufbruch gab sie mir eine andere Maske. Meine passe ja überhaupt nicht zu meinem Sakko.

Ich könne mich ja anziehen, aber der Blick fürs Detail fehle mir gänzlich, und irgendeine Schlampigkeit zerstört dann alles.

Sie wollte dann, dass ich sie doch mit dem Auto zu einem Restaurant außerhalb der Stadt bringe, weil sie spüre, dass ich doch dem Wein verfallen könne. Was, wenn ich fahren würde, nicht möglich wäre.

„Ich hasse es, wenn mein Begleiter angetrunken ist."

Das Abendessen war so klassisch altmodisch. Die Bedienung überließ mir die Höflichkeiten, Garderobe abnehmen, Sessel zurechtrücken…. Das Menü, den Wein, das Dessert, Alles bestimmte sie. Es war eigentlich sehr schön.

„Mögen sie bestimmende Frauen?", fragte sie mich.

„Es scheint hier so zu sein. Sie überrumpeln mich aber auch".

„Sie müssen es nicht zulassen"

„Meinen sie? Es ist für mich sehr schön hier, mit Ihnen"

„Sie vertragen ja nicht einen Tropfen!", schimpfte sie sogleich. „Wir sollten fahren. Können sie zahlen?"

„Ja, kann ich."

Die Rückfahrt verlief dann recht schweigsam.

„Sie begleiten mich jetzt aber nicht zu meiner Wohnung"?

„Sollte ich das nicht"?

„Na gut, von mir aus. „Stalken" werden sie mich wohl nicht?"

„Seien sie versichert Signora. Das ist mir nicht mal technisch möglich"?

„Gut, ich will Ihnen glauben"

„Darf ich sie was fragen?"

„Nur zu, 50 m haben wir noch."

„Wie ist ihr Vorname?"

„Patrizia. So, wir sind jetzt da."

„Darf ich Sie küssen?".

„So was fragt man nicht. Man macht es oder man lässt es. Und wir lassen es.", worauf sie mich innig küsste und verschwand.

Jetzt hätte ich einen klaren Kopf oder einen Grappa gebraucht. Es gab keinen, und für das eine hätte ich das andere gebraucht.

Bis zum nächsten Lokal waren es einige 100 m. Meine Aufgewühltheit legte sich durch den Spaziergang und ich trank dann eine Flasche Wein auf der Terrasse.

Patrizia war die folgenden zwei Tage noch sehr freundlich und ich glaube, sogar nett zu mir.

Eine weiteres Ansuchen um ein gemeinsames Abendessen quittierte sie mit der schnippischen Replik, dass mir nach zwei Tagen Apulien die Hitze schon zu Kopf steige.

Mich hat jetzt fast ein Pinienzapfen getroffen. Sitz ja unter einer solchen, und der Zapfen erschien mir als Warnung des Schicksals.

Vielleicht fiel dem Ödön von Horvath auch vorher
schon ein Zapfen auf dem Kopf, aber er ist weiterge-
gangen und es ist dann ein Ast geworden. Wie auch
immer, es wird keine weitere Geschichte mit Patrizia
geben…
Ich will noch nicht von einem Pinienast in Wurmnah-
rung umgewandelt werden…. somit finalmente.

Kapitel II:

Die Zeit verfliegt, verfliegt…

So sagt man, was natürlich nicht stimmt, die Zeit ist immer dieselbe - zumindest die im grad aktuellen Universum. Und nach einigen Jahren bin ich wieder in Mar del Plata und sitze in einem Cafe. Es ist früher Nachmittag. Man sieht relativ wenige Leute. Die Touristen schlafen vor für die Nacht. Die Arbeiter arbeiten.

Ich lese im „Capital", dass bei einer Kontrolle der Arbeitsaufsicht in der letzten Woche in der Gastronomie um die 95% der Beschäftigten schwarz gearbeitet haben. Also so was aber auch.

Dann sehe ich plötzlich, Larissa ruft an. Ich habe Ihr nicht mitgeteilt, dass ich in Argentinien bin. Sie hat es wohl irgendwie herausgefunden. Ich nehme nicht an, dass sie mich beschattet, aber den „Whatsappstatus" ihrer Bekannten wird sie vermutlich immer wieder prüfen.

Ich will nur nicht telefonieren – nicht, weil ich nicht möchte, sondern weil ich einfach immer noch schlecht Spanisch kann. Es sind hier die Leute, mit Ihrem lokalen Spanisch, das sie „Castellano" bezeichnen, für mich mit Mimik und Gesten schon schwer zu verstehen. Das fehlt mir beim Telefonieren und ich verstehe gar nichts mehr.

So, jetzt kommt die Sprachnachricht. Nach dreimal Abhören habe ich es verstanden. Sie will sich mit mir treffen, und wo ich den jetzt sei. Ich antwortete und nannte ihr das Cafe.

„Was! In dieser alten Spelunke sitzt Du?"

Aber 10 Minuten später schneit sie schon rein. Sie drückt ihren Busen an mich. Ich gebe ihr einen leichten Kuss aufs Ohr. Sie ist so schnell in ihren Bewegungen, dass ich das kurze Zeitfenster für den Kuss auf die Wange verfehle. Zumindest bin ich so zurückhaltend, dass es nur eine kurze Berührung war.

Ich überlass ihr meinen Platz an der Wand des Cafes und sage:

„Damit habe ich nicht gerechnet."

„Tja, so ist das Leben – voller Überraschungen", erwiderte sie sogleich

„Woher weißt Du, dass ich in Argentinien und hier in Mar del Plata bin. Warum wolltest Du mich sehen?"

„Bueno, Ich will Dir nichts vormachen. Du bist ein liebenswerter und realitätsfremder europäischer Träumer. Meine wenige Zeit opfere ich normalmente nicht für jemanden wie Dich.

Jetzt sei nicht gleich so beleidigt, wir alle hier mögen dich und deine Unbedarftheit."

„Gut", sagte ich „Du brauchst mich vermutlich für etwas."

„Ja, es ist keine einfache, aber für Dich nicht allzu schwere Angelegenheit. Doch für mich wäre es eine große Sache."

„Wenn ich kann, sicher."

„Du kannst es. Das weiß ich nämlich schon"

„Woher glaubst Du das zu wissen?"

„Du kannst sowas, aber es ist natürlich nichts Alltägliches, etwas ungewöhnlich, aber nachdem Du dich wieder mit der Piazzola – Statue auf dem Plaza Colon fotografiert hast, und das auch noch als „whatsappstatus" verwendet hast, merkte ich, dass du hier bist und musste reagieren. Ich gebe zu, vielleicht etwas vorschnell."

„Gut, was soll ich für dich tun?"

„Es geht nicht um mich. Du weißt nur von zwei Söhnen, welche mich ja zu einer glücklichen Oma gemacht haben. Die kleine Fabianna hast Du ja gesehen und die zweite Maria-Clara ist erst acht Wochen alt. Ich habe aber auch eine Tochter. Maria Dolores oder Loli, wie wir sie nennen. Sie ist mein Sorgenkind."

„Wusste ich nicht."

„Ja, Loli war mein erstes Kind. Sie ist schon über 35 Jahre alt.

Schau mich nicht so zweifelnd an! Ich kümmere mich einfach um mein Äußeres und ich bekam sie aber auch sehr früh. Bei uns werden die Mädchen viel zu früh Mamas, falls dir das nicht bekannt sein sollte.

Wie auch immer, Loli möchte dich jetzt kennenlernen."

„Wozu?"

„Das soll jetzt doch besser sie dir mitteilen."

„Nun, da ist eigentlich nicht viel „Nichtalltägliches" dabei," meinte ich darauf „außer, dass ein Interesse ihrerseits an mir nicht alltäglich ist."

„Dann ist es ja wunderbar, und Du bist morgen Abend um zehn Uhr zum Essen eingeladen. Es gibt Empanadas."

Sie war erleichtert, was mich eigentlich hätte nachdenklich machen sollen, aber leider nicht gemacht hat. Sie wollte gleich zahlen, was ich nicht zuließ. Soweit angepasst war ich dann schon. Ich war Larissa, trotz ihrer rauen Art, natürlich nach wie vor zugetan und geehrt über die Einladung.

In der Nacht hatte ich einen seltsamen Traum. Ich träume oft von Autofahrten, in denen ich viel zu schnell fahre, und dann so gerade noch durch die Kurve komme oder irgendwie einen Unfall vermeide. Dieses Mal konnte ich das Fahrzeug nicht auf der Straße halten und flog über eine Brücke in einen Abgrund. Vor dem Aufprall wachte ich zitternd auf.

Ich stand auf und ging hinunter in die Halle des Hotels. Gabriel, der Nachtportier, war da.

Er gab mir einen Whiskey und wir unterhielten uns ein bisschen. Ich ging raus in die Nacht. Die Strandpromenade war voll mit Menschen, um nichts weniger als tagsüber. Ich holte mir eine Lata (Dose) Quilmes (Bier) und wollte mich auf einen abseits liegenden Felsen setzen.

Da die jungen Leute eher an den Sandständen sind, meinte ich hier Ruhe zu haben.

Das Gewimmel der Ratten, die nachts aus ihren Schlupflöchern krochen, wurde mir dann doch zu viel. So ist es noch nicht, dass mir die Ratten lieber wären, und ich ging wieder unter die Leute. Es begann schon zu dämmern.

Der Abend kam. Larissa empfing mich und nahm die Blumen. Lorenzo, ihr älterer Sohn kam mit der kleinen Fabianna im Arm. Ich hatte eine kleine Comicfigur eingesteckt, welche ich ihr dann geben konnte.

Lorenzo nahm mich gleich mit und erklärte mir, da ich so früh - eine Stunde nach der vorgegebenen Zeit - da bin, kann ich ihm gleich bei dem Füllen der Empanadas behilflich sein. Da fühlte ich mich dann auch nicht mehr ganz so unbeholfen. Während sie dann im Rohr, die Empanadas, waren, gingen wir in den Speiseraum. Dort saßen Larissa, ihr neuer Mann Alberto. Dann noch Pilar, Lorenzos Frau und Loli sowie eine weitere junge Dame namens Alessandra, genannt Alé.

Nach den üblichen Begrüßungsumarmungen, den Smalltalk-themen Wein, etwas Politik, usw… waren dann auch die Empanadas fertig. Selbstgemachte Empanadas mit Wein sind ein einfaches, sehr billiges, aber wunderbares Essen.

Alberto, Lorenzo, Pilar und die kleine Fabianna verschwanden nach dem Essen. Larissa, Loli und Alé setzten sich zu mir.

Larissa: „Nun zu unserem Problem und zu deiner Hilfe. Wie du siehst, sind meine Loli und Alé ein Paar, was vor dem Allmächtigen eine große Sünde ist. Aber es ist nun mal so, und wir müssen damit leben."

Loli fragte Larissa, ob sie nicht nach der kleinen Fabianna schauen wolle. Nach einem kurzen strengen Blick auf Loli, verschwand sie jedoch.

Ohne Böses zu ahnen, aber doch mit leichtem Unbehagen, saß ich bei den jungen Frauen.

Loli legte nun los:

„Wie sie sehen, werden wir und unsere Liebe in diesem altmodischen Scheißland nicht einmal in der eigenen Familie respektiert. Ist das in Europa auch so?"

„Naja. Die Länder sind da gar nicht so unterschiedlich."

„Und in Österreich?"

„Da ist es für Menschen wie sie vermutlich besser. Wir geben uns ja recht tolerant. Gibt sogar sowas wie eingetragene Partnerschaften, und sie dürfen dann auch Kinder adoptieren und so weiter. Aber die Österreicher sind grundsätzlich nicht gern ehrlich."

„So wie Sie."

„Was?"

„Dass Sie hinter meiner Mutter her sind, sieht hier jedes Kind."

„Nun, ich sehe es nicht."

„Auch das sieht man."

„Gut. Geht es denn um mich?", versuchte ich abzulenken.

„Ja. Wir wollen ein Kind haben. Und wir wollen sie als Samenspender."

Ich verschluckte mich fast am Wasser, das ich gerade trinken wollte.

„Wollen sie noch etwas Wein?"

„Ja, bitte."

Larissa kam mit der kleinen Fabianna herein und fragte, ob schon alles besprochen sei.

Loli bejahte, und Larissa umarmte mich fest und sagte mir wie glücklich sie sei. Auch die Männer, sogar Alberto, umarmten mich. Er meinte, wie unwiderstehlich doch die argentinischen Frauen seien.

Alle unterhielten sich blendend. Ich gebe zu, ich war etwas stiller und in mich gekehrt.

Warum fährt die ganze Welt nur immer so über mich drüber, fragte ich mich insgeheim nicht nur dort, sondern im Hotel Gabriel gegenüber auch vernehmlich, der, als ich ihn aufklärte, nur lachte: „Sei froh, du Dummkopf. Kannst mit der jungen Loli bumsen".

„Wieso bumsen? Sie wollen mich als Samenspender. Da muss man nicht mehr bumsen."

„Nein, wir sind in Argentinien. Larissa und ihre Familie sind streng katholisch. Loli und Larissa haben wegen der Beziehung zu Alé über Jahre kein Wort miteinander gewechselt. Ich weiß nicht, was bei denen dort genau vorgeht, aber eine künstliche Befruchtung würde niemals akzeptiert werden können. Du wirst zumindest mit der Loli bumsen. Das ist so sicher wie die zweistellige Inflationsrate vom argentinischen Peso im kommenden Jahr.

So ein Glückspilz, aber auch. Zuerst die Mutter und jetzt die Tochter. Lass dir ein paar Tropfen geben, welche die Spermien etwas ermüden lassen, damit Du nicht gleich triffst und der Spaß etwas anhält."

„Bitte halt die Klappe!"

„Hey, bei Larissa warst Du nicht so zurückhaltend!!!"

Wir trinken jetzt einen. Ich habe da einen wunderbaren russischen Wodka. Den wollte ich zwar für besondere Anlässe aufheben. Du wirst ein, zwei Monate oder länger, wenn Du geschickt bist, mit der schönen Loli und der nicht minder schönen Alé vögeln".

„Halt einfach die Klappe!!!"

„Und mit der Alé schon gar nicht", erwiderte ich nach einer Pause.

„Quatsch, natürlich mit der Alé auch, sie muss ja dabei sein. Bei dir kommt schon eine Heterofrau schwer ins Stimmung. Ohne Alé bleibt Loli trocken wie die dürre Pampa im Hochsommer."

Ich trank ein Glas, weil der Wodka wirklich gut war, noch eines, und verschwand dann.

Was sind das hier für Menschen?

Ich sollte schnellstmöglich verschwinden. Ich buchte gleich ein Ticket nach Mendoza. Ein Quartier ließ sich auch bald finden und ich teilte Ignacio, dem Besitzer des Quartiers meine Abreise mit.

„So sprunghaft kenne ich dich gar nicht", meinte er.

„Ich weiß", sagte ich, „aber mir ist grad ziemlich danach, und ich will in Richtung Anden und etwas Einsamkeit".

„Man kann nicht dauernd vor seinen Aufgaben davonlaufen, weißt Du das denn nicht".

„Wie schön, dass das Ganze die Runde macht.

Nebenbei, ich laufe nicht davon, ich brauche nur zwei Wochen Einsamkeit. Ich komme dann wieder. Und, wenn es möglich ist, hätte ich gerne dasselbe Zimmer."

„Kannst ein größeres aber auch haben".

„Nein Danke. Ich brauche was Vertrautes, wo ich zurückkehren kann."

„Was finden sie nur an Dir! Du bist ja grauenhaft altromantisch!"

Der Bus war nicht voll und ich saß allein und genoss die Landschaft Argentiniens.

Im Bus lief ein Fernseher mit einem grauenhaften Gewaltfilm. Mit den Ohrstöpseln war es erträglich und meine Gedanken verloren sich in der Weite der Pampa.

Natürlich dachte ich über meine Aufgabe als Samenspender nach und trotz allem war ich auch geschmeichelt. Aber es ist unverschämt mich so zu benutzen, und es ist total verantwortungslos, so aus einer Laune heraus zu sagen, wir nehmen einen Mann zu uns mit ins Bett, und er soll dann eine oder wenn geht, gleich uns beide schwängern, um auf Nummer sicher zu gehen.

Aber andererseits, wieso nicht einfach nehmen wie es kommt. Es kommt ja sowieso, wie es kommt.

Die meiste Arbeit mit den Kindern haben immer die Mütter und so, wie sie ticken, wollen sie ja nichts weiter als das von mir. Wie die Kinder das empfinden, scheint diese Frauen nicht zu tangieren.

Larissa ruft auch schon an:

„Wo steckst du? Ignacio sagt, Du bist abgereist".

„Ja, ich brauche etwas Einsamkeit".

„Davon kannst Du später noch genug haben. Du kommst zurück. Loli hat ihre fruchtbaren Tage."

„Ich komme zurück und zwar in 14 Tagen. Diese Zeit müsst ihr mir geben."

„Wir verlieren ein ganzes Monat!"

„Ja, wie tragisch."

„Bei mir warst Du damals zu Silvester nicht so."

„Du hast mich verführt. Du warst ungebunden und ich war in dich verliebt. Das trifft alles jetzt nicht zu."

„Ich habe Loli schon gesagt, dass du ein „Romantico" bist und wir Tangomusik dabei brauchen werden."
„Oblivion von Piazzola, wenn ich einen Wunsch äußern dürfte, würde passen."
„Weißt du, was dieses Lied bedeutet?"
„Ja, es war bei der Verabschiedung von Astors Vater."
„Mach dir keine Sorgen. Loli und Alé werden Mutter und Vater für die Kinder sein.
Zudem haben wir zwei Onkel. Wir sind eine Großfamilie. Du passt da nicht hinein. Das verstehst Du wohl hoffentlich."
„Ja, das verstehe ich. Könnt ihr euch nicht einen Spender von einer Samenbank holen."
„Das wäre möglich, aber wir wollen das nicht. Wir wollen auch keinen unbekannten Argentinier, von dem wir nichts wissen. Wir wollen erstens einen Europäer, und wir wollen zweitens den Charakter des Vaters kennen. Somit kommst Du ins Spiel."
„Dann lasse ich einfach Sperma im Spital. Das macht man in Argentinien sicher auch nicht anders als überall sonst auf der Welt."
„Nein!"
„Was nein! Ihr habt euren europäischen Samen, wenn Ihr den unbedingt wollt, und wenn der oder die Kleine irgendwie nach mir gerät, was Gott verhüten möge, habt ihr einen Softie in der argentinischen „Machomännerwelt". Das ist, nebenbei gesagt, keine schöne Perspektive für das Kind."
Nun legte Larissa los: „Ich erklär es dir nur einmal: Die zwei Frauen wollen ein Kind. Ich will, dass es ein Kind Gottes ist. Ich will, dass es so weit es eben möglich ist, im christlichen Sinne gezeugt wird.

Es soll, bei allem, was ihm im Leben zustoßen wird, immer die Gewissheit haben, dass es von Gott geliebt wird.

Ich will nicht mit dem Schmerz leben müssen, dass ihm, wenn was Schlimmes geschieht, das Paradies verweigert wird, weil es von sündigen Eltern, die aus egoistischen Gründen sich nicht mit ihren zugedachten Rollen abfinden wollten, auf zweifelhaften Weg gezeugt wurde. Dass du das Göttliche nicht verstehen willst, oder große Angst davor hast, sehe ich.

Außerdem kannst Du in Argentinien nur dann Samenspender von Loli sein, wenn Du mit ihr verheiratet bist.

Wir haben das alles recherchiert. Eine Hochzeit im noch so kleinen Rahmen, und auch wenn es nur mit der Intention erfolgt, von Dir Sperma zu bekommen, führt unweigerlich zu intensiven Gefühlen, welche wir alle möglicherweise nicht im Griff haben werden. Es war nicht leicht Loli und Alé zu überzeugen.

Aber sie haben letztendlich zugestimmt. Wir haben uns über mehrere Männer im Bekanntenkreis Gedanken gemacht. Die Wahl ist einstimmig auf Dich gefallen.

Sei bitte so gut und zerstöre mir das jetzt nicht.

Es ist schlimm für mich, dass ich zuschauen muss, wie sündhaft Loli und Alé leben. Aber wenn sie ein Kind, gezeugt auf natürlichem Wege, bekommen, dann machen sie nicht nur mir, sondern der ganzen Familie eine große Freude. Das Kind wird Großeltern haben.

Wir werden eine richtige Familie sein, wo Oma und Opa viele Enkeln haben und nur der biologische Vater abwesend ist, was ja, nebenbei gesagt, alltäglich ist in unserem Land."

„Aber soll ich denn wirklich mit Loli bumsen?", hakte ich nochmals nach.

„Glaub mir, es ist besser. Ich kann es Dir als Ungläubigen, und vermutlich auch weil Du ein Europäer bist, schwer erklären. Loli und Alé verstehen es ein wenig. Glaub mir einfach."

Und wärest du nicht so ein Träumer-Hippie, hättest du es in deinem Leben zu etwas gebracht, und aus unserer Silvesterliebelei wäre auch mehr geworden."

„Und was wäre dann? Müsste ich dann auch dafür herhalten?"

„Das ist sehr hypothetisch. Ja, vermutlich auch dann. Also stell dich nicht so an."

„Ich stelle mich nicht so an. Ich will nicht so überfallen werden, und ich bin, wie Du weißt, leiblicher Vater eines Kindes, und ich weiß, dass Kinder Fragen stellen."

„Loli und Alé werden nett zu dem Kind sein. Sie werden auch nett zu Dir sein. Du wirst es schöner haben als im WC im Hospital bei einer Samenspende. Es wird ein Akt der Liebe zwischen zwei Personen sein und mit deinem Beitrag wird es einer im christlichen Sinne werden. Alé wird Loli in Stimmung bringen. Du bist auf Dich gestellt, aber das wird ja wohl nicht so schwer sein. Zur Not besorge ich uns eine Prostituierte. Hätte ich nicht Alberto, wäre ich gerne bereit gewesen Dich zu unterstützen."

„Das wird ja immer wilder!"

„Beruhige Dich. Es sind nur die zwei Frauen. Alberto hat gemeint, bloß bei dem Gedanken daran, müsste er dich schon umbringen und wenn ich wirklich dabei wäre, würde er vermutlich nicht zögern".

„Was seid ihr nur für Leute!", wiederholte ich mich.

„Verstehst du jetzt, dass die beiden keine argentinischen Machos wollen. Ich komme damit klar, aber es ist nicht immer schön. Nach meiner Scheidung die Stunden mit dir waren, wie du weißt, ja besonders. Aber daraus mehr zu machen, wäre eine große Dummheit. Und so gern mögen wir dich dann doch, dass wir dich noch ein bisschen leben lassen wollen."

„Ihr seid ja so nett."

„Rede jetzt nicht wie ein zynischer Yankee!"

Es ging noch ein bisschen hin und her, aber ich begann mich gedanklich zu fügen und antwortete:

„Ich verstehe alles. Aber ich bin ein langsamer Mensch und will mich erst damit anfreunden. Gönn mir doch die paar Tage."

„Gut, aber dann verbringe die Zeit in Askese. Wir wollen eine gute Qualität und ausreichend Menge."

„Meine Güte, ja. Ich springe nicht auf jede und soviele Möglichkeiten ergeben sich schon nicht."

„Stimmt, bevor Dir eine nicht ihren nackten Busen unter die Nase hält, kriegst du nichts mit."

„Sonst noch was?"

„Nein Liebster, wir sehen uns in zwei Wochen."

Nun die Tage waren bald um. Ich hatte Zeit mich einerseits anzufreunden und habe aber auch noch über Strategien nachgedacht, das Ganze zu vermeiden. Mir erschien das wirklich sehr verrückt.

Wieder in Mar del Plata setzte ich doch noch einige Versuche an, die Damen von diesem Vorhaben abzubringen. Wobei ich wusste, dass ich Ihnen mit meinen Argumenten nicht beikommen werde.

Bevor ich einen Gedanken gegenüber diesen Frauen in Worte bringe, haben sie mich schon 50 mal unterbrochen.

Bei einem der Kennenlerntreffen in unterschiedlichen Plätzen, wo man sehen wollte, wie ich mich benehme, stellten sie, wie auch schon Patrizia in Peschici, fest, dass ich mich zwar passend anziehen kann, aber irgendein unpassendes Detail immer alles zerstört.

Ale' meinte einmal: „Wie kannst Du, wir sind bald vertrauter geworden, nur so einen Hut aufsetzen?"

„In der Sonne Südamerikas sollte Europäer Kopfbedeckungen tragen," erklärte ich.

„Sicher, aber hast Du denn keinen anderen. Die Farbe ist doch grauenhaft". Ich erklärte meine „Chaquete" und mein Hut haben doch denselben braunen Farbton.

„Nein der Hut ist nicht braun. Der ist eindeutig grün. Siehst Du das denn nicht?"

„Äh nein."

„Was?"

„Es liegt wahrscheinlich daran, dass ich farbenblind bin."

„Was?"

„Ich bin farbenblind."

Etwas unerwartet, kam jetzt ein wenig Wind in meine Mühlen, und ich begann Hoffnung in Richtung Abgang von dieser Bühne zu schöpfen.

Wer will schon farbenblinde Kinder, wenn man es möglicherweise auch vermeiden kann. Die Damen waren nun einmal böse, dass ich das verschwiegen habe.

Zudem wurde Ihnen bewusst, dass sie ja gar nichts von mir wissen, was ich bestärkte und gleich nachhakte, ob sie sich nicht erkundigt haben, womöglich werde ich wegen Geldwäscherei international gesucht und bin deswegen in Argentinien untergetaucht. Das war aber dann doch zuviel der Euphorie und hätte ich mir besser ersparen sollen.

Sie riefen sofort Larissa an und erklärten ihr, dass ich möglicherweise von einem Arzt bzw. auch von einem Psychologen untersucht werden müsste. Wir verabschiedeten uns. Die Damen waren nun reserviert. Ich war fröhlich und heiter, ging in mein Lieblingscafe und bestellte mir einen starken Cortado und freute mich über die wiedergewonnene Langeweile.

Leider nur ein paar Tage.

Irgendwann rief Larissa an, und ich wurde wieder zu einem Abend zu Ihnen eingeladen. Ich war gar nicht unglücklich.

Wie du weißt, mag ich Larissa und das Thema schien mir ja begraben zu sein.

So war es natürlich nicht. Larissa drückte mich fast zu fest, aber Alberto sah es, hoffte ich zumindest, nicht.

„Du kleiner Hurensohn", flüsterte sie mir zärtlich ins Ohr.

Heute blieben alle am Tisch und Larissa erklärte mir, dass sie recherchiert haben. Ich werde nicht gesucht.

Die sozialen Medien, welche ich ja leider auch nutze, bestätigen eher den Eindruck, den sie von mir eh schon haben. Meine Versuche als „Möchtegernkrimineller" oder als „jemand mit besonderen Anforderungen" - was weiß ich, wie sie Behinderte aktuell politisch korrekt nennen dürfen - seien auf erbärmlichste Weise gescheitert.

Mein Einwand, dass ich nur erklärt habe farbenblind zu sein, wurde dann von Ihr sofort aufgegriffen um erneut auf mich loszugehen. Sie wüssten mittlerweile, dass das nur mütterlicherseits vererbt werde, somit dieser Gendefekt von mir nicht weitergegeben werden kann, und ich das schon gleich hätte sagen können.

„Ich bin nicht dazwischengekommen," meinte ich dann.

Auch das war falsch. Weil jetzt sprangen Loli und Alé an: Minutenlang sei Stille gewesen, als ich Ihnen das erklärt habe, und in dieser minutenlangen Stille hat wirklich niemand mir die Gelegenheit genommen, den Mund aufzumachen.

„Wenn das alles an Tricks ist, welche Du hervorbringst, dann ist höchstens die Erbärmlichkeit dabei, ein Grund sich nach einem anderen Europäer Umschau zu halten."

„Was ihr ja auch macht," warf ich ein.

„Du warst eh nicht die erste Wahl!"

„Gebt dem anderen halt noch eine Chance", sagte ich.

Nun, es wurde jetzt etwas wild. Bevor es zu wild wurde, beruhigte Alberto das Ganze.

„Erzähl uns mal was von deiner Familie!"

Ich spürte aber einen anderen Blick mir gegenüber, und dieser Blick war mir angenehmer.

Und somit begann ich zu erzählen:

„Da gibt's nicht gar so viel. Sehr religiös ist die Mutterseite. Die Vaterseite eher rebellisch. Das Leben der Menschen von dieser Seite war eher schwierig.

Die Brüder meines Großvaters und meiner Großmutter fielen in den Weltkriegen. Die Frauen führten vermutlich keine glücklichen Beziehungen. Durch die Heirat meines Vaters mit meiner Mutter - dieser schönen katholischen Prinzessin aus kleinem verarmtem Landadel - kam etwas Stabilität in meine Herkunftsfamilie."

„Uns interessieren nicht die im Krieg gefallenen Männer, sondern wie waren denn die Frauen. Warum gab es keine glücklichen Beziehungen."

„Mein Vater und Großvater waren Menschen, die nichts erzählten, und somit bin ich auf die Informationen meiner Mutter – ein wenig auch meiner Großmutter und etwaigen noch vorhanden gewesenen Tanten – angewiesen, welche natürlich ihre Interpretationen zu den Geschehnissen hatten."

„Fang einfach an!"

„Meine Urgroßeltern von der Vaterseite waren, als sie jung waren, ein glückliches, aber unstetes Pärchen. Geheiratet musste schnell werden. Franz und Maria waren schon angehende Eltern.

Franz hatte etwas Geld und sie kauften sich den ersten Hof. Den tauschten sie dann gegen einen anderen, und den wieder gegen einen anderen. Das hörte auf, als der erste Weltkrieg kam. Einer der Söhne fiel im Krieg. Franz starb dann auch bald."

„Wie viele Kinder hatten sie denn?"

„Drei Söhne, drei Töchter. Hans ging mit 18 in den Krieg und kam nicht mehr zurück."

„Was war mit den anderen?"

„Den Söhnen oder den Töchtern?"

„Erzähl uns von allen. Die Männer sind zwar auch wichtig, aber interessant sind eher die Frauen."

„Ich mach es nach dem Alter. Die älteste Tochter, Maria, zog mit ihrem Mann in eine kleinere Stadt, wo ihr Mann in den Eisenwerken Arbeit fand. Sie bekamen eine Tochter, auch Maria – genannt Mitzi. Die Familie war klein.

Mitzi blieb in der Industriestadt. Fand später einen lieben Mann und blieb jedoch kinderlos.

Der nächste war der Franz. Der kam vom ersten Krieg wieder heim. Er war Adjutant bei einem Offizier. Als ältester Sohn, war er ein bisschen so etwas wie der Kronprinz in der Familie. Er heiratete eine schöne Frau und betrieb mit ihr die Landwirtschaft. Aber die Ehe hielt nicht und wurde geschieden."

„Warum?"

„Ich weiß es nicht. Meine Urgroßmutter hielt natürlich zu ihrem Sohn. Aber ich glaube, er war vom Krieg gezeichnet und konnte sich nicht mehr einfinden in der Gesellschaft."

„Wie, er war ja Adjutant, somit wenig in Gefechten. Er sah die anderen beim Töten und Sterben zu. Er hat es wesentlich besser getroffen!"

„Natürlich, viel besser. Was weiß ich. Er war verträumt, melancholisch und mit seinem Gehabe und seinem Wesen auch beliebt bei den Frauen."
„Ein Fremdgeher also." Der Einwurf kam von Loli.
„Ich weiß es nicht. Kann sein."
„Warum nicht? Interessiert dich deine Familie denn nicht?"
„Ich habe nur diese Informationen."
„Gut. Weiter damit. Gab es Kinder?"
„Meines Wissens nicht."
„Zu den weiteren. Wer kam dann?"
„Magdalena. Sie war mir eine liebe Tante. Sie heiratete spät einen Witwer. Dessen Kinder sind etwas älter als ich, aber wir haben Kontakt zueinander und sie haben ihre Stiefmutter gemocht."
„Schön. Einmal etwas Positives." Einwurf von Larissa.
„Der nächste war, wie erwähnt, Hans. Er war 18, als er in den Krieg musste. Nach ein paar Wochen schon, kam keine Nachricht mehr von ihm."
„War er denn in keiner Gefallenenliste?"
„Nein. Wir wissen nichts. Er wurde nicht mal vermisst gemeldet. Er ist einfach im Krieg verschwunden".
„Hat niemand von euch je nach ihm gesucht? Wollte niemand wissen, was mit ihm geschah."
„Das frage ich mich auch. Mein Großvater war acht oder neun, als Hans in den Krieg musste. Sein größerer Bruder Franz und die Mutter wussten vielleicht was, aber haben nie was davon erzählt. Es ist schon so, dass über solche Dinge nie gesprochen wurde. Ich

bin der einzige in der Familie, der sich dafür interessiert."

„Wenn er nicht einmal als vermisst gemeldet wurde, könnte er dann desertiert sein?", fragte jetzt Alberto.

„Daran habe ich noch nicht gedacht"

„Du weißt eigentlich nicht viel."

„Nein, nur so Ereignisse, wie Geburten, Hochzeiten, Todesfälle und eben Scheidungen."

„Nach Hans kam dann Josef. Das ist mein Großvater."

„Nun, vielleicht weißt du ja mehr von ihm?"

„Ja. Von seinem Leben weiß ich mehr. Aber von seinem Wesen eigentlich nicht viel."

„Erzähl vom Leben. Wir werden uns schon einen Reim daraus machen." Das war Alé.

„Er war bei der SS."

„Ein Nazi, ein Judenmörder?"

„Soviel ich weiß, nicht. Es wurde manchmal von meinen Tanten kontrovers diskutiert. Aber es scheint, dass er bei den speziellen Aufgaben nicht besonders ehrgeizig war."

„Hast Du recherchiert?"

„Ja, so gut es ging. Jetzt ist kaum mehr was an Information zu bekommen. Aber es war auch vor 20 – 30 Jahren nicht leicht. Es war nur meine Großmutter, welche bereit war, über den Krieg zu reden, und sie hat über ihren Mann auch nicht viel gewusst. Und in offizielle Dokumenten oder Berichten war nichts zu finden."

„Wie war er sonst?"

„Eigentlich sehr angenehm. Bei den Arbeiten am Hof war ich immer bei Ihm. Im Stall bei den Kühen. Im Wald. Bei den Festen im Ort. Er liebte den Wein.

Wenn er betrunken war, wurde er lustig, nicht gewalttätig, wie viele andere."

„Das spricht für ihn. Aber er war doch ein Nazi."

„Ja."

„Und?"

„Nichts und. Ich mag es einfach nicht, wenn so schnell über Menschen geurteilt wird. Er hatte natürlich die „SS – Runen" am Oberarm eintätowiert. Aber, es ist für mich schwer vorstellbar, dass er ein böser Mensch war. Natürlich weiß ich auch, dass z.B. Himmler sehr tierliebend gewesen sein soll, was ihn jedoch nicht davon abhielt, Millionen von Juden ermorden zu lassen.

Das ist ja das Schwierige und das ist mir in den letzten Jahren vermehrt bewusst geworden, in der Beurteilung über meine Vorfahren und überhaupt beim Blick auf die Geschichte. Es ist nichts so, wie es auf den ersten Blick zu sein scheint."

„Das stimmt. So geht es uns allen. Deine Großmutter war scheinbar kein Nazi. Deine Urgroßmutter?"

„Nein, auch nicht."

„Das weißt Du?"

„Ja."

„Die Frauen scheinen die Intelligenteren in deiner Familie zu sein. Gab es noch weitere Kinder?"

„Ja. Zum Schluss noch ein Nesthäkchen, Augustine."

„Die klingt schon interessant. Was war mit der?"

„Zweimal verheiratet. Zweimal geschieden. Insgesamt drei Kinder von drei verschiedenen Vätern."

„Hey! So fad seid ihr doch gar nicht."

„Kennst Du ihre Kinder? Das sind ja so etwas wie Tanten für Dich."

„Ja besonders eine, Selma, welche auch meine Taufpatin ist."

„Und? Dann erzähl doch! Jetzt wo der interessante Teil zum Vorschein kommt, machst Du auf geheimnisvoll."

„Ich mach nicht auf geheimnisvoll. Es ist nur so, dass ich mich bei diesen Menschen nicht wirklich auskenne. Als Kind habe ich sie nicht besonders mögen, weil sie meine einfachen Ideen, Gedanken immer wieder in Frage gestellt haben. Selma, meine Taufpatin, war der Hauptgrund, warum ich mit zehn Jahren in die Stadt in ein katholisches Internat kam. Somit wurde ich von der Natur, dem Arbeiten und Leben darin, abgeschnitten. Ich behaupte, dadurch entwurzelt worden zu sein."

„Armer kleiner Josef. Durftest raus aus dem Dorf. Komm, sei dankbar, das war ein Glück!", stichelte Larissa.

„Natürlich sollte ich dafür dankbar sein. Aber ich war es nicht. Ich sehnte mich immer sehr nach meinem Zuhause."

„Ach, jetzt sei doch nicht so empfindlich. Du hast jetzt uns als deine Therapeuten." Das kam von Loli

„Und wie ging es dann weiter? Ihr seid ja ein recht bunter Haufen? Wie war deine Großmutter?" ermunterte mich Alé zum Weitererzählen.

„Auch nicht ganz so einfach zu beschreiben. Was sie sehr gut konnte, war das Geschichten erzählen. Sie sagte immer, was sie dachte und war wahrscheinlich ein guter Mensch."

„Sie hat dir vom Krieg erzählt?"

„Ja, vom Leid, von Ihren gefallenen Brüdern. Von der russischen Besatzung. Von den hungrigen und gierigen Blicken der feindlichen Soldaten."

„Hat sie die Russen gehasst?"

„Nein."

„Warum nicht? Sie haben doch Ihre Brüder getötet."

„Nein. Sie hat auch gewusst, dass „unsere" Soldaten sich nicht besser aufgeführt haben."

„Trotz all der Nazi-Propaganda."

„Natürlich. Wer es sehen wollte, konnte den Terror in dieser Zeit sehen. Lügen kann man immer erkennen. Wenn man in der Lüge leben muss, ist es natürlich einfacher, wenn man versucht sie nicht zu sehen. Das ist ja hinlänglich bekannt."

„Wir hatten ja auch die Zeit der Militärjunta." (Alberto).

„Willst Du noch etwas über sie sagen?"

„Es gibt so eine Geschichte über die letzten Kriegstage, wo russischen Soldaten Vorräte in den Häusern gesucht haben. Meine Großmutter hatte sich vor die Tür der Vorratskammer gestellt. Den kleinen Karl hat sie getragen und meinen Vater, welcher schon fünf Jahre alt war, hielt sie bei der Hand.

Der russische Soldat hat ihr das Gewehr an den Kopf gehalten. Der mitgekommene Gemeindebedienstete hat sie angefleht, sie solle doch nicht so dumm sein, und sich erschießen lassen.

Sie hat aber nicht nachgegeben und der russische Soldat hat nicht geschossen".

„Wie hieß deine Großmutter?"

„Wilhelmine – „Mimi“ genannt.“

„Die Frauen mit den überraschenderen Vornamen scheinen die interessanten zu sein. Wie viele Kinder gab es?“

„Lisi, Josef, Karl und wieder Wilhelmine (Mimi).“

„Das ist die Reihenfolge?“

„Ja.“

„Beginnen wir mit der Lisi. Der ersten?“

„Ich habe sie sehr mögen. War sehr liebevoll und stark. Sie hat meinen Großvater verteidigt, wenn ihm Verbrechen zugeschrieben wurden. Zu Kriegszeiten war sie schon ein junges Mädchen. Wilhelmine musste sie jedoch weggeben.

Sie war selbst ein lediges Kind, und hat bei einem Bauern als Magd gedient. Somit wollte meine Urgroßmutter sie nicht auf dem Hof.

Zudem war ihre Halbschwester auch die geschiedene Frau von ihrem Sohn Franz. Eine Nachbarin hat dann Lisi genommen.“

„Deine Urgroßmutter war schon sehr hart,“ stellte Loli fest.

„Hört endlich auf mit diesen vielen Frauen von der Joseffamilie. Sie leben ja schon längst nicht mehr“, stöhnte Alberto.

Larissa reagierte streng: „Alberto, Juan, Domingo, Gonzales, Esteban, Pablo Martinez. Wir müssen herausfinden, was für einen Charakter der Kleine haben wird. Deswegen muss uns Josef seine Familiengeschichte darlegen. Das verstehst Du doch!“

„Ja, es ist mir schon recht und ich versteh es auch, aber es sind eben viele Namen. Josef, er wandte sich mir zu, jetzt trinken wir einen Whiskey auf die Frauen deiner Familie. Sie haben es verdient".

Pause.

Doch Loli ließ mich nicht lange in Ruhe: „Wie war jetzt deine Urgroßmutter wirklich?"
„Nun. Ihr Mann war früh gestorben. Die Kinder haben nicht Ihren Vorstellungen entsprochen. Hans ist im Krieg verschwunden. Franz ist geschieden und wieder zu Haus. Augustine ist irgendwo in der Stadt, wieder mit einem anderen Mann und wieder schwanger. Hat Ihr bloß die kleine Selma gebracht. Inzwischen gab es schon einen zweites Kind von dieser Tochter, wo man den Vater nicht kennt, welches sie dann woanders untergebracht hat. Und jetzt kommt der Josef mit dieser Mimi und der kleinen Lisi daher. Es hat ihr einfach gereicht."
„Aber es kamen dann ja noch weitere Kinder?"
„Ja, ich glaub acht oder neun Jahre später bekamen sie meinen Vater und er hat das verhärtete Herz meiner Urgroßmutter erweichen können."
„Oh wie romantisch? Da gibt's sicher eine Geschichte, wie das passiert ist," meinte Alé. Sie war ja auch noch da.
„Ihr macht euch über die Romantik in meiner Familie nur lustig."

Larissa pfauchte mich böse an: „Du machst Dich über die fallweise aufflackernden kleinen romantischen Episoden in deiner Herkunftsfamilie lustig.

Du schämst Dich für etwas, was uns hoffen lässt, dass in Dir etwas Anderes auch noch zu existieren scheint, abseits des alles in Ziffern pressenden Yankee-Computergehirns.

Also raus damit. Sonst siehst Du meine Loli nie mehr," bestimmte wieder mal Larissa.

„Du weißt, das halte ich aus."

„Dann siehst Du mich nie wieder."

„Ich bin gut in unglücklichen Liebschaften."

„Josef!!!" Das kam wieder von Alberto.

„Also gut. Es ist vermutlich nichts Besonderes - oder mit Blick auf unsere unromantischen Charaktereigenschaften vermutlich schon etwas Besonderes - passiert.

Mimi war mit ihren Kindern Lisi und dem kleinen Pepi, so wurde mein Vater als Kind genannt, auf dem Weg zum sonntäglichen Kirchgang.

Mein Großonkel und mein Großvater haben sie begleitet. Auch die kleine Selma war mit dabei.

Am Nachhauseweg hat Selma dann gebettelt, dass Mimi, Lisi und der kleinen Pepi doch mit ins Haus der Urgroßmutter kommen sollen. Selma war ja ihr kleines Schätzchen, welches sich bei der strengen Herrin mehr erlauben durfte, als deren eigenen Kinder.

Meine Urgroßmutter kam aus dem Haus. Der kleine Pepi streckte die Hand aus nach seiner Oma, die er zuvor nie gesehen hat. Was sollte sie tun. Sie nahm ihn an sich. Sie schaute den Kleinen an. Er schaute sie an. Der Kleine hielt ihrem Blick stand.

Nach einer Weile sagte sie zu ihrem Sohn und zur Mimi, dass sie sich vor ihr niederknien sollen, worauf sie mit dem kleinen Pepi im Arm die beiden segnete. Mimi war als Schwiegertochter akzeptiert und bekam dann noch zwei weitere Kinder."

Alé fragte: „Dein Großvater hielt immer zu ihr? Er war ja zu nichts verpflichtet, oder?"

„Nein, er war zu nichts verpflichtet. Mimi war eine Magd bei einem anderen Bauern im Nachbardorf. Die kleine Lisi wuchs wiederum woanders auf. Er liebte sie scheinbar."

Alberto sagte zu Larissa, dass sie doch noch wo einen Wein haben werde. Der Europäer sei vielleicht nicht besonders gefestigt in moralischer Hinsicht. Aber mit einer guten Erziehung kann da bei den Nachkommen schon noch was werden. Da sollte man schon noch eine Flasche öffnen.

Larissa meinte, die vielen Scheidungen gefallen ihr trotzdem nicht. Aber es ist eine Familie.

Beim Abschiednehmen sagte mir Alberto, dass es mir gut gehen wird in Argentinien, sofern ich die Finger von Larissa lasse.

Ich meinte, er soll sich keine Sorgen machen.

Um sich mache er sich auch keine Sorgen, lachte er mit boshaftem Augenzwinkern.

Wie auch immer die Tage vergingen und die Zeit der fruchtbaren Tage der jungen Frauen kamen immer näher.

Einen Versuch machte ich noch. In Polen sei es sehr, sehr unkompliziert, sich befruchten zu lassen.

Und man kann sich sogar den Spender - weiß und
Pole, katholisch sowieso - aussuchen. Das sei doch
wesentlich einfacher, als mit mir da herumzuprobie-
ren.
Ich wollte einfach nicht mit Loli vögeln. Was mache
ich, wenn er mir nicht steht. Ich empfinde ja nichts für
Loli oder Alé, auch wenn sie noch so jung und schön
sind.
Leider hat das außer beleidigten Blicken und beleidi-
genden Fragen meiner Männlichkeit betreffend nichts
gebracht, und somit begann mir klar zu werden, dass
ich am schnellsten aus der Sache rauskomme, wenn
ich mich meinem Schicksal ergebe.
Vor dem ersten Versuch fanden noch einige Treffen
statt, wo meine Familiengeschichte noch genauer er-
fragt wurde, und ich muss gestehen.
Mir wurde da erst bewusst, wie stark eigentlich die
Frauen in meiner Familie waren. Erst mit meinem Vater wurde es etwas patriachalischer. Aber eigentlich
„herrschten" die Frauen.
„Redet ihr denn untereinander nichts?" fragte mich
Alé einmal.
„Sieht ganz so aus," erwiderte ich still.
„Ihr solltet das aber," meinte sie.
„Ach, sei doch still," brummte ich.
Der Tag für den ersten Versuch kam immer näher.
Ich fühlte mich nicht allzu gut. Das Schöne ist, hier
man kann stundenlang am Meer entlanggehen. Es
gibt einen wunderbaren Weg entlang dem Ufer, das
abwechselnd sandig oder felsig ist. Es gibt Leute, die
feiern.

Meine Spanischlehrerin nimmt mich immer wieder mit und wir üben bei diesen Wanderungen viel. Wir kommen auch mit anderen Menschen ins Gespräch. Einmal mit einem etwas ruhigerem Grüppchen, bestehend aus einer älteren Argentinierin und drei jungen Männern. Zwei der jungen Männer waren Russen und sprachen deutsch.

Der Argentinier und der hochgewachsene Russe erklärten mir, dass sie nächste Woche heiraten werden. Der Russe, ein Sibirer, war so ein zarter Schönling und eindeutig der feminine Teil des Paares. Sie machten alle einen glücklichen Eindruck, selbst die Mutter. Speziell nach dem Erlebnis mit dem Schwulenpaar am Strand begann ich mich wohler zu fühlen.

Der von den Frauen gewählte Tag kam.

Larissa empfing mich zusammen mit einem Pfarrer. Sie war angezogen wie für einen Festtag.
Bei der Begrüßungsumarmung, welche sie mit dem Einsatz ihrer körperlichen Vorzüge überschwenglicher als sonst ausfallen ließ. Dabei stellte sie ihr Bein zwischen meine und zwinkerte mir zu, dass es wichtig sei, gut vorbereitet zu sein. Auch Loli und Ale waren mir gegenüber anschmiegsamer als sonst.
Aber der Priester hielt vorher noch eine Andacht, wo er es sich nicht nehmen ließ, mich auf das Gute und vor allem auf das Böse der bevorstehenden Ereignisse hinzuweisen.

Zweifellos sei das, was hier vor sich geht, eine Sünde, die zwar durch die Intention ein Kind zu zeugen, gemildert werde, was, wenn man es im Sinne der reinen Christenlehre betrachtet, sowieso der einzige Anlass für diese Art von Lustbarkeit sei, und nur unter dem Aspekt Leben zu schenken, geduldet werden könne. Es ist ohne Zweifel eine große Sünde, dass sich zwei junge Frauen derartig vergnügen ohne dabei die Möglichkeit der Zeugung neuen Lebens zuzulassen. Aber in einer von Sünden geprägten Welt, wo sich Männer Kondome überstülpen, um ausschließlich ihrer Lust zu frönen, ist es notwendig abzuwiegen, und so habe er sich nach langem innerlichen Ringen bereiterklärt, diesem Vorhaben den Segen Gottes zu gewähren. Dabei erwähnte er allein der lüsterne Blick auf den Körper des anderen sei eine Sünde. Dabei sah er natürlich mich und Larissa an.

Loli und Alé nahmen mich in die Mitte. Wir mussten uns hinknien, und der Pfarrer segnete uns mit dem ganzen „Vater, Sohn, Heilige Geist…" und was weiß ich noch allem.

Danach umarmte Larissa Loli und Alé. Zum Schluss mich, wobei sie sich nochmal ins Zeug legte, damit wirklich alles Notwendige bereit stand. Ihr Mann Alberto war nicht da, er war irgendwo geschäftlich unabkömmlich.

Das weitere was passierte, passierte recht einfach.

Wir haben ja in den Gesprächen mit Larissa im Vorfeld ja einiges an Stimmung aufgebaut. Meine unterdrückte Liebe zu Larissa wurde von den Frauen aufgegriffen, und auf Loli zu lenken versucht.

Mit Gottes Segen, wie Larissa nachher anmerkte, und natürlich der Hilfe von Alé, war es dann doch nicht die befürchtete trockene Angelegenheit für Loli und mich, und dieses alte Sprichwort, mit dem Vater werden ist nicht schwer… kann ich auch in Anbetracht dieser Erlebnisse nur bestätigen.

War es das geschickte Vorspiel Larissas oder die Anwesenheit des Priesters, welcher mit seiner falschen moralischen Predigt dem Ganzen eine gewisse bizarre Note verpasste?

Es fügte sich alles schmerzlos ineinander. Ich schaffte recht bald den Abschluß – ja mit scharfem SSSS - und begann mich von den beiden Frauen zurückziehen, in der Hoffnung die Sache erledigt zu haben.

Ich habe nicht damit gerechnet, dass Larissa vor der Tür das Ende des Ereignisses abgewartet hatte.

Es war ja trotz des religiösen Segens kein leises Unterfangen. Sie schnappte mich gleich und ging mit mir wieder zum Priester, um ein weiteres Bittgebet - dachte ich jedenfalls, zu sprechen.

Aber auch das kam anders.

„Nur, weil wir Menschen was wollen, und zu wissen glauben, das dafür Notwendige tun zu können, braucht es in all diesen Angelegenheiten die Zustimmung und den Segen Gottes, erklärte sie mir, und um das Ganze abzurunden, hätte ich meine Sünde in einer umfassenden Beichte beim schon gut bekannten Priester abzulegen.

Das ist Argentinien.

Der Priester wollte mich zu intimen Bekenntnissen zwingen, hat aber nicht damit gerechnet, dass ich Erfahrung im Zuge meines „Mannwerdens" in einem katholischen Knabenseminar mit ausreichend bubennarrischen Kuttenträgern gesammelt habe, wodurch mein Respekt gegenüber Priestern nicht mehr besonders ausgeprägt war, und wurde somit von mir ziemlich enttäuscht.

Mein „ich wurde auch durch sie zur Sünde gezwungen", wollte er einmal nicht gelten lassen. Und nur um dem Ganzen endlich zu entkommen, machte ich Larissa zuliebe noch mit, weil gut gefühlt habe ich mich definitiv nicht mehr.

„Was solls", dachte ich mir, sag ich halt schnell: „Ich habe begehrt meines nächsten Frau"

„Mein Sohn, Loli ist, wie du weißt, nicht deines nächsten Frau."

Was will der denn jetzt, dachte ich mir und erklärte ihm: „Loli habe ich auch nicht begehrt."

„So, was war denn nun deine Sünde?"

„Nun, um es für sie besser verständlich zu machen ist es wohl am besten, wenn ich es vielleicht so sage: Ich gestehe, dass ich mit ihr Unzucht getrieben habe."

„Ja, so kann man es wohl bezeichnen. Du hast dich der irdischen Wollust hingegeben?"

„Ja Vater. Ich bereue, kann ich jetzt die Buße bekommen?"

(Liebe Larissa, wenn Du das liest, kannst Du erkennen, dass ich es wirklich im Guten mit diesem geilen Schwarzrock versucht habe, aber er ließ einfach nicht locker…dieser geile Spanner).

„Nun, wie war es denn mit den beiden Frauen?"

„Sie wissen doch, wie so etwas ist."

„Ich weiß es nicht, weil ich auch nicht zugegen war."

„Wären sie gern „zugegen" gewesen?"

„Du machst die Sünde schlimmer, wenn du so mit einem Mann Gottes redest. Ich will nur das Ausmaß der Sünde und des Bereuens dieser erkennen, und dann mit Gottes Hilfe..."

„Reue dafür, dass ich nicht mit ihr schlafen wollte, und mich alle hier dazu genötigt haben."

„...unterbrich mich nicht andauernd!

... um Dir die gerechte Buße aufzuerlegen, muss ich die ganze Schwere der Sünde von Dir erfahren. Es ist auch für mich nicht leicht."

„Sehen sie sich einen dieser Filme an, dann wissen sie es."

„Lenk nicht ab. War es lüstern?"

„Was, lüstern???"

„Habt ihr euch geküsst?"

„Nein!"

„War es von vorn oder von hinten?"

„Das sage ich nicht."

„Willst du vor Gott lügen?"

„Gott weiß, wie es war."

„Wie sollen wir zu einem Ende kommen, wenn Du dich so sträubst. Die ganze Zeit sträubst Du Dich, anstatt in Demut Deine Dir zugedachten Aufgaben zu erfüllen.

Öffne dein Herz, bereue was Du getan hast.

Ich stehe an Stelle Gottes vor Dir, und kann dich von deinen Sünden lossprechen."

Da hat es mir gereicht. „Schleimiges, scheinheiliges Arschloch", sagte ich Ihm auf Deutsch. „Schöne Grüße an ihren lieben Gott. Ich bin dahin", sagte ich dann wieder auf Spanisch, und das war es auch.

Ich fühlte mich erniedrigt, missbraucht und wurde mit der Zeit rückblickend auf das, was ich mit mir machen ließ, ziemlich sauer. Wo bin ich da nur hineingeraten! Larissa rief mich am nächsten Tag an, was denn los sei. Warum musste ich auch noch den Priester beleidigen.

„Dieser Priester ist ein erbärmlicher Voyeur, und Du bist auch nicht viel besser" erklärte ich ihr. Ich war auch auf sie sauer. Wobei das legte sich immerhin bald.

Larissa hat dann doch begriffen, dass es mir nicht gut geht.

Sie empfahl mir, doch für einige Zeit nach Europa zurückzukehren. Alberto weiß ja nicht, dass sie sie sich auch etwas engagiert hatte.

Von Loli, Alé und Ihr selbst, würde er nichts erfahren. Aber, es bestehe doch eine Gefahr, dass ich mich mal verspreche oder glaube das ganze irgendwo niederschreiben zu müssen. Vielleicht kann sie mir ja bald Fotos einer Taufe schicken.

Ich habe versprochen gleich nach Europa zurückzukehren, wobei ich nur mein Smartphone nicht mehr als eine Stunde am Morgen eingeschalten habe, wo die Argentinier schlafen. Mit diesem Gefühl wollte ich Argentinien nicht verlassen.

Zuerst einmal trank ich mit Ignacio einen Fernet pur, um zumindest im Magen ein besseres Gefühl zu bekommen.

Dann dachte ich an Europa, den sich wieder abzeichnenden Krieg, und kaufte mir Postkarten, um ein Lebenszeichen von der neuen in die alte Welt zu schicken. Und das war ja wirklich wieder speziell.

Postales, so sagt man dazu in Argentinien, sind mittlerweile selten – sehr, sehr selten - geworden, aber es gibt sie noch an manchen Stellen.

Mit sechs Stück ging ich zur Post, um sie aufzugeben. Bei dem älteren Herrn, welcher mir die Nummer zum Anstellen für die Schalter gab, lief noch alles gut. Aber der junge Mann am Schalter konnte mit meinen Postkarten nicht viel anfangen. Ich sagte, die gehen nach Österreich.

Er fragte mich, warum ich sie den getrennt verschicke und nicht alle zusammen in einem Umschlag aufgebe. Das wäre doch viel billiger.

Ich verstand echt nicht, was er meinte, bis ich dann begriff, dass er nicht wusste was diese beschriebenen Karten bedeuten.

Ich erklärte ihm, dass es verschiedene Adressen seien, an verschiedenen Orten in Österreich, und dass alte Leute, wie ich so etwas machen, um ihren Lieben Grüße zu schicken. Bevor es „smartphones" gab, war das gang und gäbe.

Ziemlich verwirrt verließ er den Schalter, da musste er seinen Vorgesetzten fragen. Das ist doch sehr schräg, Karten aus Karton zu verschicken.

Er kam dann doch wieder zurück, wog eine Postkarte ab, sagte 1200 Pesos, dann die nächste und merkte eigentlich gleich schwer. Ich erlaubte mir zu sagen, es werden alle um die drei Gramm haben.

Er nickte nachdenklich, zählte die sechs Stück. Ich gab ihm die 7200 Pesos. Er legte die Karten weg und meinte, dass ich jetzt gehen könnte.
Frankieren, meinte ich noch, könnte man sie vielleicht. Aber da wurde ich schon weitergeschoben.
Nun, ob die 7200 Pesos, was soviel ist, wie ein wirklich gutes Essen für zwei Personen, zweckgebunden verwendet werden, ist zumindest fraglich.
Manchmal bin ich wirklich aus einer anderen Zeit.

Kapitel III:

Ich spürte, es wurde Zeit aufzubrechen, und Mar del Plata den Rücken zu kehren.

Darüber hinaus brauchte ich in meinem Reisepass einen Stempel von der Passkontrolle in Uruguay. Es war ja auch im Auge zu behalten, dass ich ungestraft nur drei Monate in Argentinien bleiben durfte.

Uruguay ist ja so beliebt, nicht nur unter Europäern. Gleich nach der Ankunft, wenn man vor einem Zebrastreifen steht, erschreckst Du dich bereits das erste Mal. Die Fahrzeuge bleiben stehen. Wollen sie dich wirklich über die Straße lassen?

Bist du einmal auf der Straße und sie überlegen es sich anders, ist es vielleicht vorbei mit dir. Schwierig.

Aber nach ein paar Erlebnissen dieser Art, habe ich verstanden, dass sie dich wirklich die Straße überqueren lassen wollen.

Aber nicht nur das ist so wie in Österreich. Es wird auch mehr Deutsch gesprochen. Deutsches Deutsch!!! Natürlich. Deutsches Deutsch bereits am Nebentisch. Beim ersten Kaffee, den ich mir geleistet habe. Und Du stellst wiedermal fest: Jede Aussage felsenfest auf den Punkt gebracht. Klar analysiert im deutschen Gehirn, klar und unzweideutig in Worte gefasst und mit dem dazugehörigen Selbstbewusstsein ausgesprochen.

Gut, dass ich nur zugehört habe, aber der „southernaccentminderwertigkeitsflashback hat natürlich wieder voll eingeschlagen.

Ein paar Monate habe ich das nicht mehr gehört. Keine deutschen Touristen haben mich mit ihren durchreflektierten klar formulierten Ansichten, Ansagen, Aussagen, als Wünsche formulierten Aufträgen konfrontiert.
Bei den Argentiniern ist das anders. Sie haben sich selbst innerhalb von einer Stunde fünfmal selbst widersprochen. Dadurch, dass sie meine Ersuchen, etwas langsamer zu reden, damit ich alles verstehen kann, durchwegs ignoriert haben - nicht aus einer ignoranten Grundstimmung heraus. Sondern weil die Vorstellung, dass ich mich für das, was sie gerade gesagt haben, ausführlicher interessieren könnte, höchstens als irritierend wahrgenommen wurde.
Will dieser Bursche mich auf etwas festlegen, was fünf Minuten später so doch niemals von mir gesagt und schon gar nicht gedacht wurde.
Die Welt ändert sich ständig, und man kann doch nicht immer auf einen Standpunkt beharren, nur weil es einmal in der Vergangenheit für ein paar Augenblicke richtig zu sein schien.
Vom deutschen Adenauer, welcher eigentlich rückblickend betrachtet, bei weitem nicht so deutsch wie die Merkel war, habe ich diese Aussage: „Was kümmert mich mein Geschwätz von gestern" im Kopf. In Argentinien wäre so eine Aussage ein billiger inhaltsleerer Allgemeinplatz.
Ich versuchte das Erlebte abzuhaken und zu verdrängen, und irgendwie mich meinen kommenden Aufgaben zu stellen.

Natürlich habe ich nach wie vor in Argentinien zu tun und natürlich denke ich mir, wie es dem Kind, sofern es eines gibt, mit meinen Genen hier wohl geht.

Gerade, habe ich mich mit Pedro unterhalten. Er ist aus Peru. Ein kleiner Bub mit fünf Jahren ist bei ihm. Er ist aus Brasilien und definitiv nicht sein Kind. Er sucht die Eltern und vor allem jemanden der portugiesisch kann.

An den Stränden bei Mar del Plata werden verloren gegangene Kinder leicht gefunden. Ein großer Mann setzt das Kind auf die Schultern, und die Umstehenden klatschen alle in die Hände bis die Eltern aufmerksam werden.

Nun, Larissa hat mich geblockt. Auftritte ihrerseits wird es vermutlich geben. Ganz verschwinden wird sie wohl nicht können. Trotzdem irgendwie, grausam oder besser so, was weiß ich schon.

Wie auch immer, ich bin jetzt in Cordoba. Auch heute ist das fast eine Zweitagesreise entfernt von Mar del Plata. Die Stadt ist anders. Laut den Beschreibungen ist sie viel kolonialer geprägt. Mar del Plata ist einfach peronistischer, eine Arbeiterstadt.

Ich habe ein wunderbares Quartier im achten Stock, mit Terrasse über den Dächern von Cordoba. Ziemlich luxurös gestaltet. Ich komme mir vor wie ein reicher „abogado" (Rechtsanwalt).

Trotz meiner zurückhaltenden Art, komme ich auch hier leicht ins Gespräch. Mein Akzent, welcher nach wie vor als russisch wahrgenommen wird, macht die Leute neugierig.

Da ich an meinem Spanisch arbeiten muss, ist das zweifelsohne wichtig für mich.

Cordoba hat, wie alle Kolonialstädte einen wunderbaren Park, eine pompöse Kathedrale… und wenige Indio-Gesichter. Man glaubt in Europa zu sein.

Noch weiter im Norden in Tucuman, Salta und Jujuy ändert sich das. Es kommt die Andenkultur zum Vorschein, die Panflötenmusik, die bunten Gewänder, das Quechua… Getanzt werden Charcareras und andere Tänze, wo die Frauen leicht wie Schmetterlinge herumschwieren und die Männer Stieren, Schafböcken oder Guanakohengsten in ihrem Wilden Getue nachahmen.

Beim Tango tanzen die Paare anders. Sie schauen sich nicht liebevoll an, flirten nicht miteinander, und wenn, dann höchstens mit den Zuschauern. Der Mann führt beim Tango - oder sollte es tun - und die Frau ordnet sich ein, springt aber immer wieder heraus aus ihrer Rolle, worauf der Mann nur noch distinguierter und beleidigter blickt - typisch argentinische, männliche „Machotangovisage".

Bei den Tänzen der Landbevölkerung im argentinischen Norden flirten die Paare miteinander. Die Texte handeln um Liebe, Leid, Verlust,… Ungerechtigkeiten usw… mit natürlichen, ländlichen Vergleichen:

„So wie der testosterongesteuerte Alpakahengst der Spur der läufigen Stute folgt, verfolge auch ich Dich bis in die höchsten Täler der Anden…."

Das ist auch schön, und wenn man in diesen kargen Landschaften unterwegs ist, muss man zur Kenntnis nehmen, dass die Farben der Anden sich sehr von den Bergen in Europa unterscheiden.
Jetzt wirst Du dich fragen, wie will er das wissen. Er ist ja farbenblind. Es ist aber trotzdem so, dass ich gewisse Farben sehe. Ich sehe sie nur anders. Es gibt jetzt sogar schon Brillen, kanadischen Forschern ist da etwas gelungen, um die Farbenblindheit zu korrigieren.
Ich will sie nicht haben.
Muss ich das erklären?
Ich denke, ich versuche es einmal in der Hoffnung, um dann damit in Ruhe gelassen zu werden. Mich fragen die Leute ja immer wieder:
Wie ist das denn so, wenn Du kein „rot" siehst?
Ich sehe es einfach nicht.
Ja, wie ist denn das für Dich? Was siehst du denn? Zeigen dann auf irgendwas rotes und was ist das für eine Farbe?
Ich liebe diese Menschen - Ist ein Scherz!!!
Ich werde jetzt ein bisschen ausholen, um vielleicht zumindest dann von Dir, lieber Leser, mit diesen Fragen in Ruhe gelassen zu werden.
Also. Es gibt Kinder, die kommen blind auf die Welt. Es gab Frühchen, sie werden im Brutkasten blind. Manchmal habe ich mir erzählen lassen, kann man das heilen. Ich weiß jetzt nicht wer, aber es war sogar eine deutsche Schreiberseele - Hesse vielleicht, hat beschrieben, wie so ein Mädchen erst als Jugendliche mit 15 Jahren zu sehen begonnen hat.

Es gibt vermutlich nicht viele Menschen, die sich gefragt haben oder sich fragen, was das für eine Veränderung für das Mädchen war. Sie war ja in einer völlig anderen Welt. Das Vertraute „Finstere" die „Nacht" waren nicht mehr da.

Es ist wahrscheinlich für einen immer „Sehenden" schwer zu erfassen, dass man in dieser neuen Augenwelt Angst hat, sich verloren fühlt. Im Gegensatz zur völligen Dunkelheit, wo man alles kennt. Die Gerüche, Geräusche, Berührungen - nicht nur der Menschen und der Tiere, sondern auch der Luft, des Windes, der Sonne, der Regentropfen, Schneeflocken, was weiß ich noch alles… - sind vertraut. Du glaubst nicht, dass man das Runterfallen der Schneeflocken hören kann? Ach du armes Seh-Lebewesen.

Nicht vertraut können auch das viele Licht, die vielen Farben und die Gesichter sein.

Somit glaube auch ich, mit meinen mehr als 50 Jahren, werde ich keine Freude an weiteren Farben haben. Es passt mir so, wie es ist, ganz gut. Schwärmt ihr doch von eurem „Falunrot", den schönen „Terrarossa-Böden…"

Ich schau mir Bilder von farbenblinden Malern mit „rosaroten" Heuschrecken an, über die ihr euch echauffieren müsst. Mein Auge wird dadurch nicht beleidigt. Bin es gewohnt ein Außenseiter zu sein. Ich war gerade Mittagessen, und hier im heißen Nordosten Argentiniens sitzt man so um neun oder zehn Uhr am Abend draußen.

Tagsüber sitzt man drinnen, und lässt sich von der Aircondition 18 Grad zublasen.

Nicht nur die 18 Grad werden dir zugeblasen. Viren, Bakterien, Staubteilchen - wo sich Viren, Bakterien, Umweltgifte, Spikeproteine,... ansiedeln - ebenso.

Ich sage Dir im Vertrauen, im afrikanischen Busch - keine Aircondition - war Covid kein Thema.

Ich mag dieses Zublasen von kalter Luft nicht so. Es ist auch nicht gerade super für die Klimabilanz, auch wie das Kriegführen (wurscht wo und wurscht für welche Werte).

Ich bin der einzige alte Weiße, der zwischen diesen schönen, runden, zerfurchten Indiogesichtern sitzt, und sich von den kopfschüttelnden Kellnern Empanadas und Wein und - ja Wasser auch - ins Freie bringen lässt.

Sicher, es ist heiß. Aber dann und wann - Du siehst es schon an den sich leicht bewegenden und raschelnden Blättern; schlecht Sehende, wie ich, hören zuerst das Rauschen der Blätter - kündigt sich eine Brise an. Du beginnst dich schon zu freuen und wenn sie dich dann erreicht, dankst Du der großen „Pachamama" für ihre wunderbare Welt. Alle sind glücklich und der warme Malbec oder der kalte Tererè schmecken nur noch besser.

So ein heißer Februarnachmittag in einem verschlafenen Park, wo dir nur die alten Abuelas (Omas) mit ihren unbändigen Enkeln Gesellschaft leisten, kann ein Genuss sein, welcher nur denen vergönnt ist, welche bereit sind, kleine Unannehmlichkeiten zu ignorieren.

Und mitten in all der Ruhe empfange ich eine Nachricht.

Irgendwie mag ich nicht hinsehen, aber da es Sonntagnachmittag ist, denke ich, wird es was Privates sein. Es ist eine Facebook - Freundschaftsanfrage.

Da bin ich ja auch noch immer dabei. Das muss ich wirklich einmal beenden, spätestens wenn ich in Pension bin.

Eine gewisse Ela aus Mar del Plata. Aber eine normale Anfrage. Nicht das, du weißt schon: „Single trifft gern ältere Männer".

Nicht, dass ich diese Anfragen nicht mag. Sie weisen doch darauf hin, dass der Facebook-Algorithmus mich als reichen, weißen Heteromann identifiziert hat. Ist ja auch was, oder?

Wie auch immer. Diese Ela füge ich in meine Freundschaftsliste. Und schon kommt eine Nachricht über Messenger: „Ich bin Alé."

Ich: „Kennen wir uns?"

Alé: „Ja, ich bin die Partnerin von Loli. Du weißt schon, der Tochter von Larissa."

Ich: „Nein, das gibt's ja nicht! Das ist wunderbar von Dir zu hören."

Alé: „Freu dich nicht zu früh!"

„Ist was passiert?"

„Nein, es ist alles gut. Es geht uns gut. Und wir haben ein wanderbaren Jungen bekommen."

„Ist er gesund?"

„Ja, er ist gesund und wir lieben ihn sehr. Wobei wir ziemlich überlastet sind".

„Schläft er nicht durch?"

„Natürlich nicht."

„Kriege ich mal ein Bild von Ihm?"

„Hör zu! Das ist eine Info nur von mir. Alle anderen wollen keinen Kontakt mit dir. Aber irgendwann wird der Bub nach dir fragen und dich kennenlernen wollen. Deswegen gibt es dieses Konto und diese Informationslinie.

Es gibt sie aber nur für eine Stunde, dann werde ich sofort alles löschen. Du bekommst noch ein Foto vom kleinen Pepito. In ca. einem Jahr melde ich mich wieder. Alles Gute für Dich und bis in einem Jahr."
Das Foto kommt. Ich lade es mir runter. Dann wurde das Konto auch schon gelöscht.
Ich sehe mir das Foto an. Da ist nicht wirklich was an Ähnlichkeit zu mir zu sehen. Ein lieber Junge mit dunklen Augen und dunklem Haar.
So ist das also. Sie haben einen Buben bekommen, und ich bin der biologische Vater. Scheint alles in ihrem Sinne funktioniert zu haben.

Ein Jahr ist lang.

Ich versuche nicht an ihn zu denken, denke jedoch an Ihn. Versuche mir nicht auszumalen, was er wohl für ein Kind ist, mache es natürlich.
Ein Jahr nachdem vermuteten Geburtstag - ich weiß ja nicht mal das Datum habe ich ein Tortenstück – auf das Zimmer im Hotel genommen, eine Kerze drauf gestellt und angezündet:

„Alles Gute kleiner Pepito! Auf das es dir wohl er-
gehe. Hoffentlich hast Du ein paar liebe Cousins und
eine Ersatzvaterfigur, damit du mir kein erbärmlicher
Macho wirst."

Als ob ich es gespürt habe. Eine Freundschaftsanfrage
aus Mar del plata ist plötzlich da.